El Portal

del

Surfista

por

Luis Girado

Para Inés

Agradecimientos

A mi esposa, mis hijos y mis amigos que siempre
me apoyan y alientan a escribir. Ustedes son mi
fuente de inspiración.

La Surfeada de mi Vida

Hobe Sound, Florida, 4 de Septiembre de 2011.
Hoy es el día que pasaré por el Portal, pero yo aún lo ignoro.
Sólo sé que estuve esperando esta fecha desde el 15 de Noviembre de 1959, cuando tenía 15 años. En ese entonces, mi cuerpo era flexible y delgado, con un estilo de surf suave y fluido. Nunca fui sobresaltado ni torpe surfeando. Mis movimientos mostraban coordinación y armonía. Yo siempre pude correr con las olas como nadie, porque comprendí que nuestras vidas son como ellas. Cada ola es un individuo, cada surfeada es única. En cada corrida sobre la ola aprendemos algo y cuando termina, volvemos al mismo y único océano. Pero ahora tengo 67 años y mi cuerpo está rígido y mi estilo se ha vuelto torpe. Ahora prefiero tomar las olas fáciles para no reconocer mis límites. Me he vuelto vago y dejo que las oportunidades para hacer una buena corrida me pasen por al lado.

-BAhh... ya habrá otras- me digo a mi mismo.

Aún peor, siento un dolor en mi rodilla derecha que me hace cojear ligeramente cuando camino y pararme demasiado alto cuando surfeo. Mis manos están salpicadas con pecas oscuras y se hinchan con el frío. No me queda ni un pelo sobre mi cabeza, excepto por una ridícula colita atada en mi nuca que parece decir: -Aún soy yo, aquí dentro de este cuerpo.-

Hoy es la fecha que quedó en mi memoria hace 52 años, pero aún no sé porqué. Lleva 25 minutos llegar al lugar. El camino solo lleva hasta la mitad de la isla, así que debo caminar el resto por la playa, esto también lo sé de memoria.

Llego sólo, con mi mejor tabla de surf, la cual bajo del auto en el estacionamiento de tierra arenosa y comienzo mi caminata a las 7:30 de la mañana. Está amaneciendo y el mar se lo vé bastante tranquilo, nada extraordinario. En realidad, pienso yo, que este día no parece tener nada de extraordinario, pero aún sigo caminando con mucha curiosidad y una fe tremenda. Cuando pasan 25 minutos siento que el la playa me es familiar.

-Este es el lugar- digo como asegurando lo que siento. Veo que la playa hace una curva que remata con un banco de arena en forma de punta en el mar.

-Si, este es el lugar, estoy seguro.-

La rutina comienza. Me estiro con esfuerzo y trato de tocar mis pies con las manos. No hay forma de que pueda llegar.

-Baahh, sólo necesito un poco más de tiempo para estar listo, eso es todo.- me digo a mi mismo.

Mientras giro mi cintura para relajarme, veo a otro surfista llegar caminando en mi dirección. Es una mujer mayor, vestida con un traje de neoprene viejo y gastado. Comienza su rutina de estiramiento en silencio, apartada de mí. Su cabello es canoso y su cuerpo es delgado y pequeño. Parece de mi misma edad.

Me aseguro la correa de mi tabla al tobillo y camino entrando al mar con la ella bajo el brazo. El agua parece fría cuando la hago flotar y me lanzo sobre ella, remando con mis manos hacia la rompiente. Cinco minutos más tarde estoy detrás de la rompiente, sentado sobre mi tabla, mirando como la mujer rema hacia mí. Noto que es una experta por la forma en que se desplaza sobre el agua, atravesando las olas con mínimo esfuerzo. Ella pasa a mi lado sin decir una palabra y sigue remando hacia lo hondo, lejos de mí. Por alguna razón la sigo y ambos remamos hacia el mar profundo, donde el agua se siente más fría y se vé más oscura. Seguimos remando aún más hondo y cuando me doy vuelta para ver la costa, sólo veo una fina raya amarilla sobre el horizonte, pero por alguna misteriosa razón, no me detengo y la sigo. De pronto, ella se sienta en la tabla y gira.

-Vamos!- me apura -Allí viene!-

La sigo otra vez, pero no me animo a mirar el mar. Aún así siento la ola venir. Tengo la sensación de que tuviera mariposas revoloteando en mi estómago.

-Rápido- me apura otra vez -Va a romper hacia allá-

Yo la sigo hacia la dirección indicada.

-Más rápido!, más rápido!- grita con desesperación. Noto la poca fuerza que le queda en su cuerpo tan delgado y pequeño. Yo también me siento muy cansado. Me duele tremendamente mi rodilla.

-Vamos- Grita con un suspiro.

-Va...mos!- Intenta animarme otra vez.

Ella está dando todo lo que tiene y yo la sigo. Una ola de un profundo azul, fresca, pura y cristalina nos está elevando. Nos está preparando para surfear nuestras vidas, cargándonos con una energía como nunca ante sentí. Remamos más y más rápido y nuestros brazos transforman esa energía en una fuerza increíble. Vamos tan rápido, que nuestras tablas dejan marcada una estela blanca sobre el lomo redondo de la ola. Ahora, nuestras piernas también patalean más y más rápido en el agua. Puedo sentir mi tabla ya planeando sobre la ola. La ola sube, sube y sube más. Mi espalda hace un arco hacia atrás, mi abdomen está firme sobre la tabla y mis hombros se convierten en poderosos motores que me impulsan sobre la masa creciente de océano. La ola está pasando toda su energía a través nuestro. Puedo sentir el viento tronando en mis oídos.

Remo y remo a una velocidad increíble, entonces afirmo mis manos sobre la tabla y las siento tan fuertes que podría levantarme sobre cualquiera de ellas sin esfuerzo. Me paro en la tabla bien flexionado y no siento rigidez ni dolor, en lugar de eso siento poder y fortaleza. La hermosa ola comienza a mostrar su rulo de espuma blanca que ruge detrás mío. En ese momento, en el cual la cola de mi tabla apunta hacia arriba mientras yo enfrento de cara el abismo de aquella ola gigantesca; cuando suavemente me inclino hacia un lado para guiar mi tabla fuera del agujero de la muerte y hacia la aventura de vivir la vida; aquí es cuando siento que vuelvo a nacer.

Cuando llego a la playa, veo el sol reflejando en mi piel, que luce como cobre brillante. Me miro mis manos sin pecas y siento mi rodilla derecha. No tengo dolor. Estiro mis manos hacia mis pies y llego con mucha facilidad. Mis pulmones toman mucho aire cuando inspiro; me siento tan bien. A mi lado está sentada la mujer mayor, excepto que ahora es una niña. No debe tener más de trece años. Por alguna razón, sé que su nombre es Inés.

-25 minutos- dice Inés.

-25 minutos, ¿qué?- pregunto.

-Tenemos 25 minutos, después vamos a pasar a nuestra próxima vida.-

-¿Próxima vida? ¿Qué quieres decir?-

-Ahora estamos en el medio. Los surfistas renacen en el portal y después continúan para vivir sus nuevas vidas de surfistas.-

-Próxima vida... pero yo todavía no estoy muerto!-

-Por supuesto que no. Esta es tu primera vez en el portal, ¿no es as?-

-Bueno, si...-

-Esta es mi segunda vez. Pero, diablos! yo sí que estaba asustada cuando pasé por la primera. Claro, también era más jóven. Yo tenía 65 la primera vez, Ahora era una mujer de 69 años.-

-¿Y siempre vuelves tan jóven? Pareces tener 13 años.-

-Trece y medio. La edad cuando me convertí en surfista. Tú debes tener unos quince años, ¿no?-

Miro mi cuerpo. Mis brazos todavía no son musculosos. Paso mi mano por mi mejilla, no tengo barba. Tengo una sonrisa permanente en los labios.

-Si, me siento como de quince.- digo sorprendido.

-¿Recuerdas cuando te convertiste en surfista?-
pregunta Inés, -¿Tu verdadera primera corrida en
la ola?

¿Cuando comprendiste el sentido de la ola y lo que
significa surfearla?

Esa es tu edad cuando sales del portal. Cuando
salgamos de Portal, la próxima vez va a ser la
segunda surfeada de tu vida.

-La surfeada de mi vida…- digo mirando el océano
de donde acabamos de salir.

Inés se levanta.

-Debemos comenzar a volver ahora.-

-¿Pero, qué pasa con mi vida pasada? Pregunto
mientras me levanto y me sacudo la arena del
pantalón.

-Tu vida pasada aún está allí; nada cambió. Nadie
se fue, tú sólo pasaste por el Portal.-

-No lo comprendo. Yo llegué aquí con 67 años de
edad y me voy ahora con quince, ¿qué le pasó al
hombre de 67 años?-

-Un surfista me dijo una vez que nosotros somos
como olas. No una sola, sinó muchas. Nosotros

elegimos la vida que vivimos de igual manera que elegimos la ola que queremos surfear.

Comenzamos a caminar de vuelta. Me siento confundido. La playa está exactamente igual que antes. Nada ha cambiado, excepto nosotros. Nadie vió la ola, la cual nos llevó tranquilamente hasta la playa y desapareció en el mismo océano que le dió origen.

De pronto sentí pena por el hombre de 67 años que yo ya no era. Este hombre no ha hecho nada extraordinario en su vida. Creció con su madre soltera, sin hermanos. A los dieciséis, después de una pelea con el novio de su madre, se fue de su casa a vivir con amigos mayores que él, a una casa vieja cerca de la playa. Sus relaciones fueron casuales y sin contenido. Nunca terminó la escuela ni volvió a hablar con su madre otra vez. Hubo tres mujeres en su vida y un hijo con su segunda novia, con el cual no tenía contacto. Era un surfista solitario que asumía que sus mejores días ya habían pasado.

-¿Cómo fue tu vida pasada, Inés?-

-Oh, muy feliz.

Mi Mamá y Papá eran muy cariñosos conmigo y tuve una hermana mayor y un hermano. Fui a la universidad y estuve casada por 45 años. Tuve dos hijas y cuatro nietos adorables. Mi esposo y yo estábamos juntos todavía cuando pasé por el Portal. Tuve una segunda vida extraordinaria. Pero no fue igual en la primera vida.- Se apuró a decir.

-¿Cómo fue tu primera vida?-

-Mi primera vida fue egoísta. Mis padres eran ricos y yo crecí viviendo sólo para mi misma. Después me casé con otro hombre rico a quien no amaba. Fue una época miserable. Dos hijos, ambos drogadictos. Uno de ellos en prisión. Me volví mala y resentida e hice daño a muchas personas. En el momento que pasé por el Portal, era adicta a pastillas y pensaba en matarme.-

La veo bajar su mirada hacia la arena y noto su cabello rubio cayendo hacia adelante, cubriendo parte de su adorable rostro. Ahora parece más niña. Sus manos son de un blanco claro y pequeñas como sus pies. Está caminando ligera y sin esfuerzo y su traje de neoprene se vé nuevo y brillante. Mientras la miro, mi mente se vuelve confusa y mi memoria comienza a borrarse. Intento regresar y recordar de donde vengo, pero todas las experiencias pasadas están transformándose en olas dentro de mi cabeza. Buenos sentimientos de amor se arrollan detrás de malos sentimientos de egoísmo, Olas de compasión rompen contra olas de odio, creando una gama infinita de olas mixtas. Mi mente se vuelve una tormenta hasta que dos olas de culpa y remordimiento, las más altas que he visto en mi vida, chocan una contra la otra y se disuelven suavemente para crear entre sí un océano calmo y cristalino. Llegamos al estacionamiento. Estoy liberado. No tengo memorias de mi vida pasada. La segunda surfeada de mi vida está toda por delante de mí.

La Nada

Otra vida ha comenzado a correr. Inés y yo somos vecinos en el pueblo de Jensen Beach, en Florida, donde nuestras familias son amigas y disfrutan de fines de semana juntos. El sol brilla en mis hombros mientras estamos saliendo del mar para comer los sandwiches que nuestros padres nos prepararon para el almuerzo. Amo los momentos que paso junto con ella en la playa. Surfeamos cada vez que podemos o si no hay olas, jugamos en la arena y conversamos el día entero. Estamos construyendo un castillo con dos torres cuando digo:

-Hobe Sound, 9 de Octubre de 2077, 25 minutos.-

-¿Qué?- Pregunta Inés, sorprendida.

-Oh, no lo se. Esta fecha tonta se me pegó en la memoria.- digo yo.

-Pero, yo también dije la misma fecha.- Dice Inés.

-Lo dijimos juntos, a la vez.-

-Hobe Sound, 9 de Octubre de 2077, 25 minutos.- repetimos juntos a la vez y reímos.

Veinte años han pasado desde entonces. Estamos en el otro lado del planeta, en Australia. Hemos estado navegando el mundo juntos por los últimos cinco años en nuestro modesto velero. Nuestras vidas son simples y llenas de aventura y pasión. Aún surfeamos cuando podemos y conversamos el día entero. Sin embargo, este día es diferente. Este es uno de esos días en particular, que ocurren sólo pocas veces en la vida. Este es uno de esos días en que tu vida cambia para siempre, como el día de tu casamiento o el día que alguien cercano fallece. Yo llamo estos momentos, "Momentos de la verdad".

Hoy Inés va a dar a luz a nuestro primer hijo. Mi paternidad comienza en este preciso momento y yo me enorgullezco como nunca de la familia que estamos construyendo. La felicidad ilumina mi corazón de una manera nueva. Una semana después, estamos ambos acostados en la cucheta de proa del velero, con nuestro bebé durmiendo plácidamente entre nosotros.

-¿Que sientes en este preciso momento?- pregunta Inés.

-Felicidad- respondo.

-Plenitud- dice Inés.

Por la ventana abierta de arriba de nuestra cabina, puedo ver las estrellas y distinguir la constelación de Orión con las Tres Marías en su cinturón. Todos dormimos profundamente acunados suavemente por el velero en la bahía protegida de Sydney.

Después de nuestro primer hijo, navegamos de vuelta hasta Jensen Beach, medio mundo hacia el otro lado instalándonos nuevamente allí. Ocho "Momentos de la Verdad" marcaron nuestras vidas desde entonces. Nuestro matrimonio, tres hijos y el fallecimiento de nuestros padres. Nuestra familia creció cuidando los unos de los otros con amor.

8 de Octubre, 2077. Estoy cargando las tablas de surf en el auto porque mañana vamos a surfear a Hobe Sound. Yo tengo 81 años e Inés tiene 79.

-No sé si voy a poder hacerlo mañana- dice Inés.

-Yo tampoco lo sé- digo con preocupación.

-Estoy duro como una roca. Ya no puedo remar rápido.-

-Mi cadera me duele mucho. Por favor, recuérdame, ¿porqué es que tenemos que ir?- pregunta Inés.

-Tenemos que ir. Eso es todo lo que sabemos. Ambos tenemos este lugar y fecha en la mente por sesenta y seis años. Necesitamos saber de qué se trata. Somos almas gemelas, ¿recuerdas?. Eso no va a cambiar.

Inés juega con su pendiente. Es una pequeña tabla de surf de oro, que le regalé cuando nació nuestro primer hijo. Suele deslizarlo por su cadena hacia los lados cuando está nerviosa.

-Todo va a estar bien.- le aseguro.

-Te amo.- dice Inés.

Le sonrío viéndola a los ojos. No necesitamos palabras para decir "Yo también te amo".

-Hobe Sound, 10 de Octubre, 2077, 25 minutos.- ambos decimos a la vez mientras bajamos las tablas de surf en el estacionamiento al día siguiente. Nos reímos juntos, como lo hicimos cuando éramos adolescentes, 66 años atrás; y emprendemos la caminata a lo largo de la playa.

Después de 25 minutos, llegamos al lugar que parece familiar. Hay dos surfistas más, estirando el cuerpo. Parecen más jóvenes que nosotros, como de unos sesenta años. Uno de ellos tiene una tabla larga, roja y blanca. Nosotros comenzamos nuestra rutina muy despacio, en silencio, intrigados por la situación. Yo le digo "Hola" al surfista de la tabla larga. Me saluda con la cabeza. Él es el primero en entrar al agua. Yo miro a Inés y ambos entramos juntos. El mar está un poco fuerte.

Los otros surfistas pasan rápidamente la rompiente y se sientan en sus tablas. Yo siento que me lleva décadas llegar allí. Inés es aún más lenta. Estoy respirando agitado, mis piernas están rígidas. Finalmente llego y espero a Inés. Ella llega y pasa a mi lado sin decir una palabra y sigue remando hacia lo hondo, lejos de mí. Yo la sigo con los dos otros surfistas. No puedo sentir mis manos. Mis remadas se hacen lentas y desprolijas. Las olas son picadas y me atraganto con espuma. Necesito detenerme y recuperar el aliento, pero Inés sigue yendo demasiado lejos sin detenerse y no la quiero dejar sola. Me doy vuelta y veo la costa muy lejos.

Los otros surfistas miran para atrás también, pero aún seguimos todos a Inés. Yo soy el último.

De pronto, Ella se sienta en la tabla y grita;
-Allí viene! Vamos, vamos!- Inés gira su tabla y rema. Nosotros estamos más cerca de la costa, así que tenemos algo más de tiempo para comenzar a remar. Ya estoy tan cansado, que mis brazos sólo golpean el agua y mi velocidad es mínima. Inés está diciendo:
-Vamos, tú puedes hacerlo! Vamos!-
Pero aún no puedo tomar velocidad. Me atraganto otra vez y comienzo a toser. Me detengo a tomar aire mientras intento patalear. Apenas me estoy moviendo y la ola ya está aquí.
-Vamos! Tú sí que puedes! Sí que puedes!- escucho decir a Inés.
Tomo lo que puedo de aire y cuando sumerjo mi mano en la ola, siento que mi brazo cobra fuerza. Tiro otra brazada y siento que mi otro brazo cobra fuerza también. Otra brazada y la tabla comienza a moverse hacia adelante. Mis brazos se cargan con energía en el momento que toco la ola. Siento

como si tuviera mariposas revoloteando en mi estómago.

-Vamos, vamos!- siento decir a Inés.

Ella ya está parada en la tabla, surfeando al lado mío. Los otros dos surfistas están corriendo del otro lado de la ola, también parados, bien flexionados. Puedo ver sus caras. Se los ve poderosos y seguros.

-Ahora me toca a mí- pienso yo.

Comienzo a remar con toda potencia y me paro en la tabla. La ola empieza a rugir a mi espalda y mi tabla está apuntando hacia abajo. Giro mi cabeza e intercambio con Inés una sonrisa que dice "Yo también te amo", y me inclino suavemente para llevar la tabla hacia una nueva vida, fuera del abismo. Ahora la ola ruge poderosa y me flexiono en medio de una niebla que me ciega. El rulo de la ola me cubre por completo formando un túnel y extiendo mi mano para tocar el cristal líquido que me rodea y usarlo de referencia para no caer. El momento dura para siempre. La tabla vibra con velocidad bajo mis pies. No puedo ver nada. Sigo el contacto de mi mano. Hay agua en mi cara. Mi cuerpo va ganando energía mientras surfeo. Mi respiración es fuerte. Me siento lleno de vida en el momento que emerjo desde adentro de la ola. Fui expulsado como un cohete al final del rulo y ya puedo ver la playa. Miro hacia atrás.

-¿Dónde está Inés? -

Me levanto para buscarla. No veo rastros de ella. De pronto, veo un surfista jóven.

¿Es ella?

-Inés!- grito.

-Ineees!-

El surfista gira hacia mí y veo la tabla larga blanca y roja.

-No, esa no es ella.-

Ahora grito con todo lo que puedo:

-Ineeees!-

Y mis brazos de quince años llevan la tabla de surf nuevamente hacia el mar, remando frenéticamente hacia la rompiente.

-Ayúdenme, por favor!- les grito a los surfistas.

-Ella cayó de la ola!, por favor, ayúdenme!-

Vuelvo al océano profundo hasta que la costa se hace difícilmente visible como una fina línea amarilla. No hay rastros de ella.

La he perdido.

Floto en el océano profundo y azul hasta que mi mente se vuelve confusa y mi memoria comienza a borrarse. Mi cabeza se convierte en un mar turbulento con olas de remordimiento que rompen sin parar. Es tan doloroso que grito desesperado. Tengo terror porque yo sé que en 25 minutos, cuando pase a mi próxima vida, no tendré un sólo recuerdo de mi alma gemela y nuestra vida juntos. Un miedo intenso me invade y me hace sentir como si hubiera caído en un agujero oscuro. Una sensación de frío me baja por la espalda y me cuesta respirar, como si algo me presionara el pecho. Toda la belleza del océano se ha ido. El agua se ha vuelto fría y las olas son sombras negras cuyas crestas me hacen temblar del miedo. Siento necesidad de llorar, pero no puedo articular un sonido o un grito. En segundos me convertiré en nada y no voy a dejar rastros de mi. No tendré más existencia ahora o nunca más. Todo lo que queda de mí va a desaparecer. No hay esperanza. No hay fé. Solo la nada.

Odio y Violencia

Han pasado 25 minutos. Escucho una voz.

-Tenemos que volver a la costa- dice el surfista joven con la tabla blanca y roja.

-Vamos, nos ahogaremos aquí afuera. Volvamos!- dice el otro surfista joven.

Yo no había notado su presencia y me sobresalté cuando los ví.

-Uhh!- digo yo, mirando la costa.

-¿Porqué estamos tan lejos? Pregunto sorprendido. -Volvamos.- digo yo con determinación.

Caminamos la playa de vuelta todos juntos, mis nuevos compañeros surfistas y yo. Nuestras conversaciones eran escuetas y casuales. Yo camino con mi cabeza mirando hacia abajo, despacio, pero con pasos largos. Mi sonrisa permanente desaparece. Tengo esta sensación constante de que me falta algo. Mi estilo es el de un solitario con maldad. Una sola memoria se materializa en mi mente. Hobe Sound, Diciembre 12, 2154. 25 minutos.

El viento me pega en la cara y truena en mis oídos. Estoy manejando una motocicleta por el desierto de Nevada, veinte años después. El calor viene en ondas que son extremadamente intensas. En mi espejo retrovisor, veo la huella negra de mis cubiertas en el asfalto hirviendo. En el horizonte se puede ver la imagen borrosa de una montaña lejana. Abro el cierre de la chaqueta y extraigo una pistola negra. Quito el cargador con un movimiento experto de mi mano derecha y lo arrojo hacia el desierto. Sigo manejando cinco kilómetros más y arrojo el arma de igual manera que el cargador. -Ya está. No más arma homicida que me lleve a prisión.- me digo a mí mismo, recordando sin remordimiento cómo le disparé a ese traficante de drogas que no me pagó su deuda. Cinco tiros. Tres para él y dos para su pareja, a quien dejé con vida para que le cuente al resto sobre el asesinato y les sirva de ejemplo a los demás.

He estado en tráfico de drogas por quince años y se puede deducir por mi aspecto que la violencia es algo común en mi vida. Me detengo en el próximo pueblo para comer un sandwich. La gente me teme porque no soy más que un delincuente huyendo, buscando dinero para sobrevivir. Entro en una despensa y me acerco mucho a una señora que está comprando leche en la góndola.

-Si actúa normal y paga por esto,-le digo mostrando mi sándwich y una lata de cerveza, -voy a salir de aquí sin causar ningún problema.- le digo con voz pausada y grave.

Ella afirma con la cabeza nerviosamente y camina conmigo hasta la caja. Luego paga por su leche y mi sándwich y salimos juntos de la tienda. Una vez afuera, la sigo hasta su auto. Ella se pone nerviosa y apura el paso, pero yo presiono acercándome más.

-Me dijo que no causaría problemas!- dice con voz temblorosa.

No digo palabra. En el momento en que se dá vuelta para resistirse sólo la miro fijamente a los ojos. Puedo ver su terror y sentir su adrenalina. Ella se detiene como con una súplica. Yo me acerco aún más y la tomo de la mano derecha sin quitarle la mirada. Ella está aterrada y no puede moverse del miedo. Lentamente bajo la mano por sus dedos y tomo con suavidad su cartera sin decir nada. Extraigo de ella su teléfono. Miro hacia ambos lados. No hay testigos. Le hago una señal con mi cabeza apuntando hacia su auto.

-Vállase.- es todo lo que digo.

Espero a que ella maneje fuera del lugar y salgo en la dirección contraria.

El viento pega nuevamente en mi cara y truena en mis oídos. A lo lejos veo luces azules y rojas titilando.

-Diablos!- Digo.

-Probablemente encontraron la pistola. ¿Cómo lo hicieron tan rápido? Estos tipos tienen monitores en cada camino.-

Doscientos metros más adelante, una barrera con autos de policía bloquean el camino. No tiene sentido intentar escapar, ya que ellos desactivarían mi motocicleta con sus controles remotos. Todos los vehículos vienen ahora con estos dispositivos para controlar fugitivos.

Me agacho y tomo un manojo de cables que corre debajo del asiento y lo arranco, desconectando el sistema.

-No, esta motocicleta, no.- me digo a mi mismo mientras giro el acelerador y me lanzo al desierto abierto a toda velocidad.

Nadie hace un intento por seguirme. Sé que estarán vigilando mis movimientos por satélite, así que no van a arriesgarse a perseguirme por tierra.

-Necesito una ciudad grande para ocultarme. Voy a ir a Las Vegas donde tengo algunos amigos.- pienso.

Sigo manejando por el desierto abierto por dos horas, pero se está haciendo muy irregular. De pronto, veo una fila de rocas frente a mí, que parece como una línea fina, más oscura que las rocas de la superficie del desierto. Debajo de la línea, comienza a aparecer a medida que avanzo, una segunda línea de rocas de un color un poco más pálido que la anterior. Entonces, mi sangre se me congela cuando me doy cuenta que estoy viendo un cañadón, pero ya es muy tarde. Ya no puedo parar. Mi cuerpo se siente liviano en el aire mientras caigo por el precipicio. Por un instante, tengo la sensación de que estaba en una playa distante, a punto de tomar una ola con mi tabla de surf. Siento como mariposas revoloteando en mi estómago. Entonces todo se apagó.

Mientras muero, mi memoria comienza a borrarse y mi mente se convierte en olas que rompen. Olas de odio se combinan con olas de miedo para dominar todo. La espuma furiosa del mar vuela dentro de mi cabeza. Entonces, la nada comienza a mostrarse. Es un remolino gigante que domina las olas, haciéndolas girar, primero despacio y después, frenéticamente rápido, tragándose por el agujero oscuro del centro cada sentimiento de mi océano personal. La nada devora todas las olas. El agujero oscuro del remolino gigante comienza a llenarse a medida que el agua de las olas entra dentro de él. Mientras se vá llenando el centro oscuro, el remolino disminuye su velocidad y comienza a mostrar transparencia. Las olas se han ido y el remolino se detiene. El océano se ha convertido en plácido y cristalino otra vez.

El Amo de las Olas

Un instante más tarde, estoy sobre mi tabla de
surf. El día es soleado. Estoy muy lejos de la playa,
la cual se vé como una fina línea amarilla.
Veo a otro surfista en la distancia, remando mar
adentro y lo sigo instintivamente.
Siento mi mente nublada y un sentimiento cálido
invade mi cuerpo. Algunas memorias comienzan a
regresar a mi cabeza.
- ¿Podrá ser Ella? - me pregunto a mi mismo.
Remo más rápido y me acerco . No me animo a
llamar su nombre. Ahora puedo ver su cabello
rubio. Remo un poco más y extiendo mi brazo para
tocarla. Cuando toco su hombro me parece como
si alguien tomara su lugar y se volteara hacia mí.
Estoy perplejo. Lo miro y sorprendido no puedo
contener mi pregunta:
-¿Quién eres?-
Su respuesta es pausada y calma.
-Soy el Amo de las Olas-

Estoy confundido y comienzo a disparar preguntas.

-¿El Amo de las Olas?

¿Y eso qué significa?

¿Dónde estamos?- lo miro de frente.

-¿No reconoces el lugar? Estamos en el Portal.-
dice el Amo de las Olas.

Mi mente se ilumina y de repente recuerdo todo.
Mis vidas pasadas, mis padres, mi esposa y mis
hijos, las personas a las que amé y aquéllas a las
que les hice daño. La primera vez que pasé por el
Portal y mi alma gemela, Inés. Después el vacío, la
violencia y el odio.

-¿Porqué estamos aquí?- pregunto.

-Todos los surfistas vienen aquí a surfear su
próxima vida.-

-¿Pero, donde vamos cuando morimos? Porque yo
morí ¿no es cierto?-

-Cuando morimos, nada se pierde. Simplemente
volvemos al océano y surfeamos otra ola.-

-¿Otra Ola? ¿Así nada más? Pero, ¿qué pasa con
toda esta gente que hemos sido? Van al cielo, o al
infierno, ¿o a alguna parte?- Mi voz sube a un tono
más alto.

-Déjame explicarte. Somos todas versiones de nosotros mismos a la misma vez, pero el Portal te deja ir de una versión a la otra. Imagina por un momento que tú y todo lo que te rodea está compuesto por olas. Estas olas tienen todas distintas características. Algunas son altas y brillantes y otras son bajas y redondas, tú eliges la ola para surfear que representa la visión de tu vida. Nosotros elegimos surfear una ola determinada, o vivir una cierta vida, pero todas coexisten, es sólo nuestra visión la que cambia.

El Portal simplemente nos permite cambiar esa visión y surfear otra vida.-

-¿Como una segunda oportunidad?- pregunto.

-Cómo una segunda, tercera y un número infinito de oportunidades.- él responde.

¿Y todas coexisten? ¿A la misma vez? ¿Cómo es esto posible?-

-Humanos y cosas. Todo lo que nos rodea es parte de este océano. Nosotros solamente no comprendemos mucho de lo que ocurre y por eso lo ordenamos en una secuencia de tiempo. Pero de esta manera, también nos separamos y clasificamos nuestro entorno. Clasificamos lo que ya pasó como un hecho irrevocable. Separamos los que ya vivieron de una manera, de otros que vivieron en forma distinta.

Pasado, presente y futuro nos ayudan a alinear acciones y consecuencias para satisfacer nuestro razonamiento. Sin embargo, el único real es el presente, lo que está ocurriendo en este momento. Pasado y futuro son invenciones de nuestras mentes.-

Me quedo pensando con la mirada en el horizonte azul, sobre todas las veces que me separé a mi mismo por situaciones de mi pasado. En todas estas ocasiones me sentí dividido y no amado. Siento culpa.

-¿Y esto es verdad para todos, no importa lo malos o buenos que hayan sido en la vida pasada?- pregunto.

-Debes aprender a amar todas las visiones de ti mismo, cuando logres eso, entenderás que no hay diferencia entre amar esas versiones de tí mismo y amar a otros seres. Somos todos Uno. Los malos y los buenos son los mismos. Hacer algo bueno para alguien es hacer algo bueno para todos.

Esto es igual en todos los planos.- continuó el Amo de las Olas.

-Separar la Naturaleza del ser Humano o distinguirse de ella por características de cada ser es en esencia no aceptar que somos uno, que compartimos la misma existencia. Cuando nos separamos de otros dejamos de amar al océano. -

-¿Y qué hay del amor? - Pregunté de repente recordando a Inés y esperanzado por una segunda oportunidad.

-El amor es lo que mantiene unido todo esto.- dice el Amo de las Olas.

-Realmente aprendemos a amar cuando aceptamos todas las visiones de nosotros mismos y de los demás.- hizo una pausa.

-Sólo puedes enamorarte de una Ola cuando amas el Océano.-

-Entonces, si el universo está hecho de olas, Quién eres tú?-

-Acércate y pregúntame otra vez.-

Remo hacia él y lo miro a los ojos.

-¿Quién eres tú?-

-Pregúntame otra vez.-

-¿Quién eres tú?-

-Pregúntame otra vez.-

-¿Quién eres tú? Pero, ¿No me vas a responder?-

-.No es la respuesta. Lo que importa, es la pregunta.-

Mientras nos miramos en silencio, noto lo familiar que me resulta su apariencia.

No debe tener más de 15 años.

Sus brazos todavía no son musculosos. No tiene barba. Tiene una sonrisa permanente en sus labios.

Escucho una voz distante llamando.

Ya viene!

-Vamos! Comienza a remar ahora, rápido!- Ella me apura y comienza a remar hacia el costado.

-Va a romper hacia allá!-

La sigo en su misma dirección.

-Está rompiendo!

Vamos, tú puedes! Vamos!

Siento la energía de la ola empujando el agua.

Mi tabla acelera hacia ella.

Cada vez que toco el agua, una corriente de energía pasa por mi cuerpo y me hace temblar hasta los pies. La ola nos eleva y comienza a rugir a nuestras espaldas. Puedo sentir el viento en mi cara cuando tomo la tabla con mis manos y me paro bien flexionado. Nuestras tablas están ahora apuntando hacia abajo, al abismo de este tremendo rulo del océano. Giro mi cabeza y le sonrío a Inés, cuya sonrisa dice "Yo también te amo" sin palabras. Ambos nos inclinamos hacia un lado suavemente para salir del rulo y viéndonos a los ojos, guiamos nuestras tablas hacia la aventura de otra vida de surfistas.

Epílogo

Estamos juntos en la playa, pero esta vez mi piel no es brillante como el cobre. Mis manos tienen pecas oscuras y el cabello de Inés es canoso. Tenemos un "Momento de la Verdad".

Mientras estamos sentados en la arena, Inés me está mirando y el sol refleja en el blanco de su cabello.
-No tenemos 25 minutos. Tenemos todo el tiempo del mundo.- digo pensativo.
-¿Sabes?, su voz se carga con emoción, -no necesitamos el Portal.-
-No necesitamos ni siquiera la Ola, o ser surfistas.- le respondo.

Inés dirige su vista hacia el océano azul y plácido.
-Si decidimos vivir otra vida sólo tenemos que dejar nuestras experiencias detrás nuestro y ser suficientemente valientes para surfear una nueva aventura; para cambiar.- responde Inés.

-La visión de nuestra vida es la elección de lo que decidimos ahora, no importa lo que somos o dónde estemos.- digo yo, mirando al océano igual que Inés.

-El secreto es: La vida es un Portal eterno.-